AF358863

POËME

DE LA VIRGINITE,

A L'USAGE

DES VIERGES

CHRÉTIENNES,

SUR LE BONHEUR ET LES ENGAGEMENS

DE LEUR ETAT.

Troisiéme Edition, reveue & corrigée.

A PARIS,

Chez FRANÇOIS-ANDRE' PRALARD le fils,
ruë S. Jacques, prés la Fontaine S. Severin,
à l'Enseigne de la Fortune.

____

M DC. XCVIII.

Avec Approbations & Privilege du Roy.

LE LIBRAIRE
AU LECTEUR.

CE Poëme de la *Virginité* fait par ordre de Madame DE MAIN-TENON, pour l'ufage des DEMOI-SELLES DE S. CYR, a été fi bien receu du public, que je me fuis engagé fans peine à en faire une troifiéme Edition comme de *la Vie des Vierges*. Dans fon ordre naturel, il eft joint à ce Livre, dont on peut l'appeller l'Analyfe. Mais ayant été informé que l'intention de Meffieurs les Curez de Paris & autres Ecclefiaftiques étoit de le faire prendre à tous les enfans qui viennent aux Catechifmes des Paroiffes, afin de le leur faire apprendre par cœur : & comme tous ne font point capables de profiter de la lecture de la Vie des Vierges ; & que le prix de l'un étant de 40. fols, & ce petit Poëme ne valant que 5. fols, l'un feroit bien plus aifé à avoir que l'autre, je me fuis déterminé à le vendre féparément ; & pour le rendre plus commode aux

ã ij

enfans, j'ay changé dans cette derniere Edition la disposition des caracteres.

Les Vers qui étoient dans les precedentes en italique menuë, sont à present de Romain à gros œil, & les sujets qui font la séparation des Vers qui étoient de petit texte en italique : étant bien plus necessaire que l'on facilitât la lecture d'un tres-grand nombre de Vers , que celle de trente ou quarante titres , outre que l'impression en aura plus de grace. J'ai lieu d'esperer que l'on sera content de ce changement , & que ce petit soin sera récompensé par le grand débit du Poëme.

Par occasion j'ay inseré icy un Catalogue des Ouvrages que j'ay fait imprimer de Monsieur l'Abbé GIRARD Sieur de Villethierry Auteur de la Vie des Vierges , qui a donné lieu à ce Poëme, composé par un tres-pieux & sçavant Religieux.

La Vie ou les Devoirs des Vierges Chrétiennes , prouvez par l'Ecriture, les saints Peres , & par les Conciles, in-douze , troisiéme Edition , reveuë, corrigée & augmentée par l'Auteur

en la presente année 1698. avec les
Vers, 2. l.
--Des Gens Mariez, &c. in-douze, troisiéme Edition, reveuë, corrigée & augmentée par l'Auteur, en 1698. 2. l.
--Des Veuves Chrétiennes, in-douze,
1697. 1. l. 16. s.
--Des Religieux ou Religieuses, in-douze, 2. vol. 1698. 3. l.
--en 1. vol. 2. l. 10. s.
Traité de la Vocation à l'Etat Ecclesias-
tique (ou la Vie des Clercs) in-douze,
1695. 1. l. 16. s.
Le Chrétien Etranger sur la Terre, ou les
Sentimens & les devoirs d'une Ame fidelle qui se regarde comme étrangere
en ce monde, tirez de tous les Pseau-
mes, qui ont rapport à cette matiere,
in-douze, 1696. 1. l. 16. s.
La Vie de Saint Jean de Dieu, Patriarche
des Religieux de l'Ordre de la Charité.
in-quarto, 4. l. 10. s.

*Le même Auteur continuë toûjours
d'écrire dans le même goust pour l'Edi-
fication du Public.*

Outre ces Ouvrages, l'on vend chez

le même Libraire tout ce qu'il y a de
bons Livres de Morale Chrétienne, comme de toutes les sciences, tant de ses
impressions, que de celles de Messieurs
ses Confreres les Libraires de Paris, &
cela au juste prix & sans surfaire.

AUX
VIERGES CHRÉTIENNES,
SUR LE BONHEUR
ET LES ENGAGEMENS
DE LEUR ETAT.

I.

BONHEUR DE L'ETAT
des Vierges.

La douceur, la grandeur & l'excell.nce de cet état.

POUSES du Sauveur que vôtre fort eft doux
D'avoir fçû dans le Ciel vous choifir un
    Epoux,
D'avoir fçû méprifer une alliance humaine,
Et changer en couronne une pefante chaîne !
Depuis qu'un faint amour de la Virginité
Vous porta jufqu'au fein de la Divinité ;
Depuis qu'à vos defirs le Fils de Dieu propice
Accepta de vos corps le chafte facrifice ;
Que le Pere attentif fut témoin de vos vœux ;
Et que de vôtre Hymen l'Efprit forma les nœuds,
Plus pures que les Cieux, plus nobles que les Anges,
Vous êtes audeffus des plus hautes loüanges :

Dans le sang de l'Agneau vous mêlez vôtre sang :
Des plus parfaits esprits vous occupez le rang.

La fermeté durable de l'état des Vierges.

A cet Agneau divin saintement attachées,
Et de son pur amour uniquement touchées
Vos pieds sans s'égarer [1] suivent par tout ses pas ;
Et vos yeux en tout temps contemplent ses appas.
Dans la Creche, au Jardin, au Tabor, au Calvaire,
Sous la main des bourreaux, dans le sein de son Pere,
Par tout il vous attend, par tout vous le suivez,
Vous le cherchez par tout, par tout vous le trouvez.
Qu'il soit couvert de gloire, ou soûmis aux souffrances ;
Objet de vos douleurs, ou de vos complaisances,
Douceurs, rebuts, tout plaît dans ce divin Amant ;
Et son absence seule est pour vous un tourment.

Que dis-je ! ha ! vous sentez qu'il est doux de l'attendre ;
Et son éloignement rend vôtre amour plus tendre :
Ses traits les plus cachez sont des attraits vainqueurs :
C'est en fuyant vos yeux qu'il captive vos cœurs.

*Les honneurs que les Vierges reçoivent, & les delices
qu'elles goûtent à l'Autel du Seigneur
par l'Eucharistie.*

Mais c'est à son Autel sur tout qu'il vous attire :
C'est aprés son festin que vôtre amour soûpire :
Où sous un gage obscur trouvant la verité
Son Corps vous donne accez à sa Divinité :
Où se consomme en vous ce Mystere adorable,
Du Verbe avec la chair alliance ineffable.
Ici vous le pouvez reconnoître pour Roi :
Le prendre pour Epoux, & recevoir sa foi.
Ici dans vôtre cœur son cœur entier s'épanche,
Vôtre faim s'y nourrit, & vôtre soif s'étanche.
Ici montrant sa gloire à vos yeux éblouïs,

1 *Sequuntur Agnum quocumque ierit.* Apoc. 14.
2 Ceux-là suivent l'Agneau par tout où il va, *Apoc.* 14.

Cet Epoux, se nourrit parmi vos chastes lys;
Vous remplit de l'éclat de sa celeste face;
Vous comble des douceurs de sa divine grace.
Ici tout retentit du Cantique nouveau
Qui fait le doux concert des nôces de l'Agneau.

Le Cantique des Vierges.

O nôces de l'Agneau, vive source de flammes!
Doux centre! heureux repos des plus heureuses ames!
O [1] froment des elûs! germe de pureté!
Vin qui produit les fleurs de la Virginité!

Les Vierges invitées au banquet de l'Eucharistie.

A ce banquet sacré courez Vierges fidelles,
A vos brûlans desirs donnez de promptes ailes.
Volez: ou s'il se peut d'un plus rapide cours
Venez à vôtre Amant témoigner vos amours:
Consacrez-lui vos vœux, offrez-lui vôtre hommage;
Apprenez en l'aimant à l'aimer davantage;
Dans ses embrassemens redoublez vos ardeurs,
Et dans son sacrifice adorez ses grandeurs:
Venez aprés l'odeur de cet objet aimable
Mourir sur son Autel, & revivre à sa Table.

Les fruits que les Vierges tirent de l'Eucharistie.

Quand vous avez goûté ses mets delicieux,
Aprés ses doux parfums vous courez encor mieux:
Sa chair de vôtre cœur déracine le vice:
Par elle du Serpent vous trompez la malice,
Son divin Sang vous lave; & ce celeste bain
D'un déluge de grace inonde vôtre sein.
Vous triomphez alors des loix de la nature;
Alors s'allume en vous une ardeur tendre & pure,
Qui de la chair vaincuë étouffant les desirs,
Immole à cet Autel ses funestes plaisirs.

---

1 *Qui pascitur inter lilia.* Cant. 2.
1 Qui se nourrit parmi les lys, *Cant.* 2.

2 *Frumentum electorum, & vinum germinans Virgines.* Zach. 9.
2 Froment des Elûs, & vin qui engendre les Vierges. Zach. 9.

4

Alors de vôtre Epoux accourant aux caresses ;
Jusques sur une Croix vous goûtez ses tendresses ;
Où même dans sa mort éprouvant son amour,
Une lugubre nuit est pour vous un beau jour.

JESUS-CHRIST *seul satisfait pleinement & d'une maniere
particuliere le cœur des Vierges.*

Heureuses avec lui, tout déplaît dans un autre ;
Il n'est plus que son cœur qui remplisse le vôtre :
Non, il n'est que lui seul que vous daigniez aimer ;
Seul il a des appas qui peuvent vous charmer :
Le monde avec ses biens n'a plus rien qui vous tente ;
Le Ciel sans ce trésor n'a rien qui vous contente :
Dans lui seul vous trouvez des plaisirs assez doux ;
Seul il a des honneurs qui soient dignes de vous ;
Seul il peut vous tenir dans ses aimables chaînes ;
Seul par leurs doux attraits il sçait charmer vos peines :
Par elles en la mort on vous voit sans ennui,
A travers ses horreurs vous courez aprés lui.

Qu'il est doux de porter ces chaînes éternelles
Qu'un objet éternel rendra toûjours nouvelles !
Que cet amour est fort qui malgré le trépas
Au delà du tombeau vous lie à ses appas !
Et que vous y trouvez une riche couronne
Que son cœur vous prepare, & que sa main vous donne !

Les graces & les communications particulieres dont
JESUS-CHRIST *honore les Vierges.*

Vierges vous le sçavez ; car d'un juste retour
Son amour genereux vient payer vôtre amour.
Qui pourroit exprimer ses tendres complaisances,
Ses saints épanchemens, ses douces preferences,
Ses caressans accueils, ses amoureux regards,
Ses vifs empressemens, & ses tendres égards ?
O ! qu'à de doux transports cet amour vous invite !
Et qu'un rare bonheur couronné un saint merite !
Tantôt dans le secret d'un silence profond
Vôtre ame ¹ entend sa voix, se dilate, & se fond.

1. *Anima mea liquefacta est, ut dilectus locutus est.* Cant. 5.
Mon ame s'est fonduë dés que mon bien-aimé m'a parlé, *Cant.* 5.

Tantôt aux doux plaifirs des bois, de la campagne;
Où l'amour vous conduit, fa main vous accompagne;
Tantôt dans la triftefle il foulage vos maux,
Et fon bras fecourable anime vos travaux:
Tantôt de vos vertus il étale les charmes,
De vôtre humble pudeur il décrit les allarmes.
Et vantant les beaux traits d'un modefte dehors,
D'un pur interieur admirant les tréfors,
Il veut qu'avecque lui les Anges vous honorent,
Comme Epoufes du Dieu qu'avec vous ils adorent.

Vierges comparées, mêmes preferées aux Anges.

Auffi quelque haut rang qu'occupent ces efprits,
Vous pouvez fans orgueil leur difputer le prix.
Déja fans contefter un douteux avantage,
La même pureté faifant vôtre partage
Vous rend par un échange à tous deux glorieux,
Vous les Anges du monde, eux les Vierges des Cieux:
Que fi cette vertu dans eux eft plus heureufe,
Qui ne voit que dans vous elle eft plus genereufe?
Qu'ainfi le même fort vous égale tous deux,
Si vous ne l'emportez encore au deflus d'eux.

Dans le corps du peché portant une ame pure,
Vous avez par vertu ce qu'ils ont par nature;
Vous vivez dans la chair comme eux qui n'en ont pas;
Leur bonheur fans travaux ne vaut pas vos combats.
Toute brillante au Ciel que foit leur récompenfe
Ici même la vôtre a quelque preference
S'ils portent nôtre Dieu fur des chars animez,
Vous le portez dans vous ce Dieu que vous aimez:
Il leur eft un miroir; mais il eft vôtre exemple:
Leur efprit eft fon trône, & vôtre corps fon temple.

Eloges des corps vierges. Les paffions vaincuës en ces corps.
La grace y fait fleurir les vertus.

Temple que rien d'impur ne doit jamais falir,
Que Dieu de fa grandeur vient fans cefle remplir;
Où la pudeur mettant une garde aflurée,
A tous les vains objets doit en fermer l'entrée.
Temple augufte & fans tache, où fur un riche Autel

Brûle toûjours le feu d'un amour éternel:
   Là tombent à vos pieds ces victimes fatales,
Ces tyrans furieux, ces paſſions brutales,
Qu'un cœur mortifié fait mourir chaque jour,
Et qu'un zele fervent immole tour à tour.
   Là brille le flambeau d'une foi vive & pure,
Qui du jour de la grace éclaire la nature:
Soleil myſterieux, & dont l'aſpect fecond
Fait fleurir des vertus le riche & noble fond:
Force, zele, douceur, équité, patience,
Prudence, modeſtie, humilité, conſtance,
De cette heureuſe ſource heureux écoulemens,
Sont de ce temple ſaint les pompeux ornemens.
   Auſſi c'eſt de ces fruits d'un precieux merite,
Qu'à vous faire un tréſor vôtre Epoux vous invite:
Car ne prétendez pas, dit-il, qu'un ſi grand bien
Vous ſoit donné d'en-haut ſans qu'il en coûte rien:
Vierges, ſi vous voulez que ma main vous couronne,
Pratiquez avec ſoin les leçons que je donne.

I I.

ENGAGEMENS DE L'ETAT
des Vierges.

Une Vierge doit aimer uniquement J. C. ſon Epoux.

QUe je vous plaiſe ſeul, ſeul que je vous ſois cher:
  Rejettez les appas du monde & de la chair;
D'un tendre engagement craignez les triſtes ſuites,
Et d'un amant trompeur les fatales pourſuites.
Quand mille ſoûpirans vous offriroient leurs vœux
Et quand tous les mortels brûleroient de vos feux,
Bien loin d'en exiger d'injuſtes ſacrifices,
Qu'une noble fierté rebute leurs ſervices,
N'oppoſe que rigueurs à leurs empreſſemens,
Et foule aux pieds pour moy cette foule d'amans.
Cherchez un autre amour, brûlez d'une autre flamme,
Aux divines ardeurs livrez toute vôtre ame:
Doux, mais jaloux tyran de vos affections,

Je veux regler en vous toutes vos paſſions ;
Seul de tout vôtre cœur je veux avoir l'hommage ;
Y plaire ſans rival, y regner ſans partage :
Que de tous vos deſirs je ſois l'unique but ;
A moi ſeul vous devez un ſi juſte tribut.

Vne Vierge doit prier ſans ceſſe.

Ne ceſſez de prier : ouvrez dans vos prieres
Le cœur à mes douceurs, l'eſprit à mes lumieres :
Offrez-moi vos deſirs, montrez-moi vos beſoins ;
Expoſez à mes yeux vos dangers & vos ſoins :
Voyant ce que je donne, & ce que je demande,
Faites-moi de vous-même une agreable offrande ;
Répandez dans mon ſein vos vœux & vos ſoûpirs.
Et que cet entretien faſſe tous vos plaiſirs.

Vne Vierge doit lire aſſiduëment la ſainte Ecriture.

Ayez toûjours en main la divine Ecriture ;
Nourriſſez l'oraiſon de ſa ſainte lecture :
Dans ce jardin myſtique où brillent mille fleurs,
Dont le Soleil de gloire émaille les couleurs,
Repoſez dans la paix, cachez-vous dans la guerre ;
C'eſt un azile heureux ; c'eſt un riche parterre.
Recueillez-y le miel de la devotion ;
Armez-y vôtre bras pour la tentation :
Vous avez à combattre un ennemi terrible :
Mais par ce bouclier vous ſerez invincible.

Avis pour la priere & la lecture.

En priant vôtre Pere, en méditant mes Loix ;
Ne parlez pas beaucoup ; mais écoutez ma voix :
D'un ſaint recueillement obſervez le ſilence,
Et d'un cœur attentif ſoûtenez la conſtance.
Confeſſez que je ſuis vôtre unique ſecours ;
Qu'en ma miſericorde eſt vôtre ſeul recours ;
Et que pour accomplir tout le bien que j'ordonne,
Il faut qu'en l'ordonnant ma grace vous le donne,
Confeſſez-le en ſecret : hors du monde & du bruit
Vôtre ſilence parle, & mon cœur vous inſtruit.

Une Vierge doit veiller avec soin à la conservation de sa pureté.
Elle se doit défier pour cela de Satan, & de
ses ruses.

Comme on voit quelquefois lorsqu'une belle face
Se peint dans le cristal d'une fidelle glace,
Qu'un petit souffle, un rien efface tous ses traits,
Et fait en un moment éclipser ses attraits ;
Ainsi perit souvent la pureté fragile.
Vous portez ce tresor dans des vases d'argile ;
Placez-le surement ; veillez sur ce tresor
Plus fresle qu'un cristal : mais plus riche que l'or.
Ne le hazardez pas, & qu'une crainte utile
Serve à vôtre pudeur de rempart & d'azile :
Et range sous les loix d'un soin religieux
Vôtre bouche, vos mains, vos oreilles, vos yeux.
  Du Serpent tenebreux redoutez la malice :
A son art imposteur opposez l'artifice.
Gardez-vous de tenter de perilleux combats,
Où même en sa défaite on trouve des appas ;
Où de cet ennemi la dangereuse adresse
Pour vous tromper vous flatte, en vous flattant vous blesse :
Rien ne nuit plus icy que la temerité,
La honte suit de prés l'orgueilleuse beauté :
Vouloir plaire & perir est une même chose :
Et l'on perd son tresor aussi-tôt qu'on l'expose.

Une Vierge doit cacher & mépriser la beauté du corps ; la
détester même ; au moins la craindre & ne pas
la flatter.

Cachez cette beauté dont l'éclat specieux
Fait le poison du cœur & l'idole des yeux.
Trop funeste ornement d'une chair miserable,
Qui se rend criminelle en se rendant aimable.
Loin de vous applaudir de ses foibles appas,
D'en tirer un honneur qu'ils ne meritent pas,
Regardez tous ces traits du plus charmant visage
Comme d'un songe vain une inconstante image ;
Comme un amas de fleurs qu'un instant va flétrir,
Et qu'un même Soleil fait naître & voit mourir.

Faites plus : déteſtez cette beauté trompeuſe ,
Qui vous rend dans le monde une idole pompeuſe ,
A qui viennent offrir un criminel encens
De ſes yeux meurtriers les captifs languiſſans.
Puniſſez-les ces yeux , noyez-les dans vos larmes ,
Pleurez , & faites-vous un crime de vos charmes.

Au moins apprehendez que ſon feu ſeducteur
Ne conſume l'Idole avec l'Adorateur.
Et ne la flattez pas : loin d'elle la moleſſe
D'une chair aſſervie à la délicateſſe :
Victime deſtinée à d'éternels malheurs ,
Qui même en y courant ſe couronne de fleurs.
C'eſt ainſi qu'on voyoit ces victimes coupables
Qu'offroit un culte impie à des Dieux mépriſables ,
Au ſon harmonieux des plus doux inſtrumens ,
Et dans l'éclat pompeux des plus beaux ornemens ,
Fierement s'approcher du lieu du Sacrifice ,
Et comme un grand honneur recevoir le ſupplice.

Une Vierge ne doit point affecter les airs du monde.

Quittez tous airs mondains , ces geſtes affectez ,
Cette démarche fiere , & ces pas concertez ,
Dont le dehors laſcif fait diſtinguer ſans peine
De l'Epouſe fidelle une fille mondaine.

Une Vierge doit renoncer au luxe.

Que le Demon du luxe à vos pieds abbatu
Vous laiſſe la beauté de la ſeule vertu.
Loin de vous les excés du ſiecle en ſes parures ,
Ces couronnes d'orgueil , ces ſuperbes coëffures ,
Dont le vain appareil orne un front ſans honneur ,
Et dégrade par l'art l'ouvrage du Seigneur.

Ornemens convenables à une Vierge.

Au lieu de ces atours couronnez-vous d'épines ;
Parez-en vôtre ſein , percez-en vos poitrines :
A l'ombre de ma Croix allez cueillir vos fleurs ,
Et que mon Sang verſé ſoit vos ſeules couleurs :
C'eſt de ces ornemens qu'une Vierge ſe pique.
Mais de la vanité la pompe chimerique ,

Un habit, un ruban, une couleur, des points;
N'occuperont jamais ni son cœur, ni ses soins.
Sûre de ses attraits pourvû qu'elle soit chaste,
D'une beauté fragile elle ignore le faste.
Elle pleure en secret celles qui tous les jours
En font le vil objet de leurs folles amours ;
Et le modeste honneur dont sa vertu se pare,
C'est d'insulter au joug de la mode bizare.

*Une Vierge ne doit point se trouver aux assemblées du monde ;
au theatre, au bal, &c.*

Évitez le public : la Vierge sans pudeur
Aprés de vains plaisirs courant avec ardeur,
Aux yeux d'un monde impur qui l'admire & l'enchante,
Sacrifie au Demon sa pureté mourante
Aux cercles, au theatre, au bal, aux rendez-vous ;
Lieux sombres qu'à Satan abandonne l'Epoux :
Où le cœur amusé par de vaines idoles
Se nourrit vainement de promesses frivoles,
Où tout plaît & corrompt : où tout flatte & seduit :
Où la volupté regne, & la pudeur s'enfuit.
Telles en ont cherché les douces assemblées,
Qui se sentant d'abord inquietes, troublées,
Ont goûté le plaisir, ont donné dans l'écueil,
Et de leur innocence ont trouvé le cercueil.
Ne les frequentez point vous que ma grace appelle :
On y vient innocente ; on en sort criminelle.

Le poison de la Comedie.

Le Theatre sur tout doit vous être odieux,
La Comedie infecte un esprit curieux :
Et par l'art imposteur d'une agreable Scene,
Apprend du fol amour la trop aimable peine.
Là des plus noirs forfaits les fideles tableaux
Font des crimes passez des exemples nouveaux :
Là s'allume le feu des passions bizares ;
Là les tristes fureurs, les vengeances barbares,
Et d'un trop tendre cœur les amoureux transports
Pour tromper les vivans revivent dans les morts.

Le dangereux enchantement de l'Opera.

Plus fortement encor, quoi-qu'avec plus d'adreſſe,
L'Opera par ſes airs inſpire la tendreſſe,
Excite dans les cœurs la douce vanité,
Fait par les ſens ſurpris entrer la volupté.
Gardez-vous d'y prêter vos yeux ni vos oreilles,
D'écouter ni de voir ces trompeuſes merveilles :
Et ne chantez jamais leurs profanes chanſons,
Qui d'un amour impur ſont d'impures leçons.

Le déreg'ement du Bal.

Aux douceurs de ſes airs joignant ſon artifice
Par la dance le bal ouvre un chemin au vice,
Et ſur le bord gliſſant d'un précipice affreux,
Augmente dans le cœur un penchant dangereux :
A de cruels aſſauts met une fille en butte ;
Même à pas meſurez la conduit à ſa chute :
La déregle au dedans en reglant le dehors,
Et dérange l'eſprit en compoſant le corps.
Par de pareils malheurs craignez d'être punies.

Les concerts d'une Vierge.

Mais ſi vous vous plaiſez aux douces harmonies,
Cherchez dans le ſaint Temple, ou dans les lieux deſerts
Une autre melodie & de plus beaux concerts ;
Et là mélant vos voix avec celles des Anges
Faites-y retentir les divines loüanges.

Une Vierge doit s'abſtenir de la lecture des Romans.

Que jamais des Romans le langage amoureux
Ne répande en vos cœurs ſon poiſon dangereux :
Souvent la fiction d'une Hiſtoire galante
Devient le vrai portrait d'une Vierge imprudente ;
Qui liſant d'un amant les excés fabuleux,
Apprend l'amour, l'éprouve, & brûle de ſes feux.

Une Vierge doit fuïr le commerce des hommes, redouter même leur preſen e à l'exemple de Marie.

Sans tenter le peril, fuyez comme une peſte

D'un sexe different le commerce funeste,
Où s'étale d'abord la simple honnêteté,
Puis l'attaché s'y glisse & passe en liberté :
Où ce langage impur & s'appiend & s'explique,
Qui change en Courtisanne une Vierge pudique.
   On l'y voit infidelle au bonheur de son sort
Se livrer aux malheurs d'une invisible mort ;
Trahissant le devoir d'une pudeur austere,
Dont le joug glorieux lui paroît trop severe,
Elle écoute un Amant ; elle approuve un flateur ;
Elle reçoit l'encens d'un faux Adorateur ;
Sa tranquille vertu n'en prend aucune allarme,
Elle ne craint plus rien, sa fierté se desarme :
De-là naît un poison subtil & délicat
Qu'elle donne, & reçoit par un double attentat.
Enfin à ses ardeurs sa credule innocence
Se rend & degenere en lâche complaisance.
O honte ! ô trahison ! ô funeste danger !
O mépris d'un Epoux puissant pour se venger !
Que de maux vont tomber sur sa foible personne !
   Dieu pour mieux la punir aussi-tôt l'abandonne
Aux caprices secrets de son volage Amant :
Cet humble Adorateur se change en fier Tyran ;
De ses abaissemens il a honte & s'irrite ;
Son orgueil méconnoît le plus rare merite :
Dégouté d'un bonheur où son cœur aspiroit,
Il traitte avec mépris celle qu'il adoroit ;
Ainsi la vanité de la honte est suivie,
Et le plaisir d'un jour trouble toute la vie.
   Que plûtôt sous une ombre son voile officieux
Vous cache aux yeux du monde, & le monde à vos yeux.
De tout homme évitez la presence & l'estime :
Qu'un seul regard sur eux passe chez-vous pour crime.
   Telle vous avez vû vôtre Reine autrefois
Craindre même d'un Ange & l'approche, & la voix.
Quoi-que libre déja de la concupiscence
Elle eut sur tous ses sens une entiere puissance ;
Que la grace eût soûmis par un rare bonheur
Sa chair à son esprit, son esprit au Seigneur,
A veiller sur son cœur toûjours plus attentive ,

Toûjours victorieuse & toûjours plus craintive.
A tout ce qui peut plaire elle ferme les sens,
Et ne trouve pour soi nuls plaisirs innocens.

Plus proches du danger , & moins heureuses qu'elle ;
Vierges , faites sur vous une garde fidelle.
Par vôtre défiance augmentez vôtre prix ;
Et que la crainte seule asseure vos esprits.
La Vierge perd souvent par son orgueil extrême
De la Virginité la [1] Virginité même ,
Et devient sous la main de l'ennemi vainqueur,
Quoique Vierge en sa chair , adultere en son cœur.

Une Vierge doit aimer la solitude.

Ne cherchez point le monde , aimez la solitude ;
Faites-vous du silence une longue habitude :
Ce n'est que hors du bruit que trouvant vôtre Epoux ,
Vous serez toute à lui ; qu'il sera tout à vous.

La conversation d'une Vierge.

Mais s'il faut converser , qu'un port grave & severe
Instruise le prochain sans chercher à lui plaire,
Pleines de mon amour répandez son odeur ;
Et que tout soit en vous des leçons de pudeur ,
Vos pas , vôtre maintien , vos yeux , vôtre visage ,
Vos gestes , vos discours , vôtre air , vôtre langage :
Par tout où vous serez , portez avec éclat
La gloire de mon Nom , l'honneur de vôtre état.
Ne vous pardonnez rien ; les Epouses fidelles
Pesent les moindres jeux , les ris , les bagatelles,
Sçachant qu'à leur côté toûjours leur saint Epoux
Veille , & les examine avec un œil jaloux.

Une Vierge doit fuir l'oisiveté.

Point de paresse en vous : mais de travail avides
Ne laissez dans le jour nuls intervalles vuides,
Qu'un ouvrage tantôt , tantôt la charité ,
Ecartent loin de vous la mole oisiveté.

[1] *Humilitas Virginitatis interior Virginitas.* Fulgentius.
L'Humilité est la Virginité interieure de la Virginité. *Saint Fulgence.*

Le travail d'une Vierge.

Quand au facré repos de tels travaux fuccedent,
Que Marie & que Marthe en s'uniffant s'entr'aident ;
Que d'un cœur plein d'amour la fainte attention
Anime de fon feu la penible action.
A ce travail l'Epoux fent une ardeur nouvelle ;
Et reconnoît la main de l'Epoufe fidelle :
Ainfi pour fatisfaire & l'amour & l'Amant,
Aimez à travailler . aimez en travaillant.

Ce travail de la chair doit être le fupplice,
Non pas lui rendre un vil & fterile fervice :
Ces ouvrages mondains où l'efprit criminel
S'ufe , & fe facrifie aux foins d'un corps mortel,
Ces idoles des fens , ces entretiens des crimes ,
Qui pour les feux vengeurs préparent des victimes,
Qui font des Réprouvez les ouvrages maudits ,
Doivent être à vos mains pour jamais interdits.

Une Vierge doit fe garder de l'intemperance.

La Vierge qui connoît de fa chair la foibleffe,
Ne doit point la traiter avec délicateffe.
Son Corps n'eft pas un corps que flattent les banquets ,
Que la feule luxure entretient de fes mets ,
Que l'excés abrutit , qu'enyvre l'abondance ,
Et que la volupté livre à l'incontinence.
Par un jeûne fevere elle le fait fouffrir ;
En le mortifiant le difpofe à mourir ;
Sçait que pour le fauver il faut le contredire :
Et que la pureté doit être un long martyre.
A ces faintes rigueurs animez vôtre bras ;
Retranchez les excés ; moderez vos repas.

Le fommeil d'une Vierge.

Dormez puifqu'il le faut : mais qu'alors le cœur veille :
Et parle à vôtre Epoux qui jamais ne fommeille.
Les jours avecque luy doivent être trop courts :
Que vôtre efprit la nuit rappelle fes difcours,
Repete fa parole , & recite les Pfeaumes,

Qui du songe imposteur dissipent les fantômes.
Doux repos, nuit heureuse, agreable sommeil
Qu'éclairent les rayons de mon divin Soleil.

*La Vierge perseverant dans la pratique des leçons de J. C.
reçue à ses nôces.*

C'est aux soins attentifs de cette vigilance
Qu'est promis le doux fruit de la perseverance :
Ainsi toûjours remplit son glorieux destin
Une Vierge appellée au celeste festin :
Ainsi l'Epoux trouvant l'Epouse préparée,
De ses nôces ne peut lui refuser l'entrée.

Avis pour la perseverance.

Preparez-vous-y donc. Ayez à ce dessein
Et l'huile en vôtre lampe, & vôtre lampe en main :
Ne vous dissipez point ; laissez aux Vierges folles
Rechercher au dehors des entretiens frivoles,
Où l'huile des pecheurs les flatte & les endort
Sous un espoir trompeur du sommeil de la mort.
Attendez vôtre Epoux comme les Vierges sages ;
Aimez d'un doux trépas les heureux avantages ;
Soyez mortes à tout avant que de mourir ;
Audevant de l'Epoux hâtez-vous de courir.
Et dés qu'il frappera, que vôtre ame ravie
Embrasse cette mort qui conduit à la vie ;
Où vos travaux finis vous produiront la paix ;
Où l'Epouse & l'Epoux s'unissent à jamais.

F I N.

EXTRAIT DU PRIVILEGE
du Roy.

PAr Lettres Patentes données à Versailles le vingt-huitiéme jour de Decembre 1692. signées par le Roi en son Conseil BOUCHER, & scellées du grand Sceau de cire jaune : Il est permis à nôtre bien-amé FRANÇOIS-ANDRE' PRALARD, Libraire, d'imprimer ou faire imprimer, vendre & debiter par tous les lieux de l'obéïssance de sa Majesté, un Livre intitulé *la Vie des Vierges*, durant le tems de dix années consecutives, avec défenses à tous Libraires, Imprimeurs & autres personnes, de quelque qualité qu'ils soient, de l'imprimer, vendre & debiter, à peine de confiscation des Exemplaires, & de trois mille livres d'amande, comme il est porté plus au long par lesdites Lettres de Privilege.

Registré sur le Livre de la Communauté le septiéme Janvier 1693.
Signé, P. AUBOÜIN, Syndic.

Achevé d'imprimer pour la troisiéme fois le 21. Aoust 1698.

www.ingramcontent.com/pod-product-compliance
Lightning Source LLC
LaVergne TN
LVHW011456180726
843503LV00009BA/4162